AF463618

ÉLOGE

DE MARIE

POUR LE PREMIER MAI

A Mgr AL. JACQUEMET

ÉVÊQUE DE NANTES,

PAR M. L'ABBÉ DESVAUX DU MOUTIERS.

PARIS
LIBRAIRIE CATHOLIQUE DE PÉRISSE
Imprimeur de N. S. P. le Pape, rue Saint-Sulpice, 38;
LYON
Rue Mercière, 49, et rue Centrale, 60.
1860

Ye 41953

Desvaux

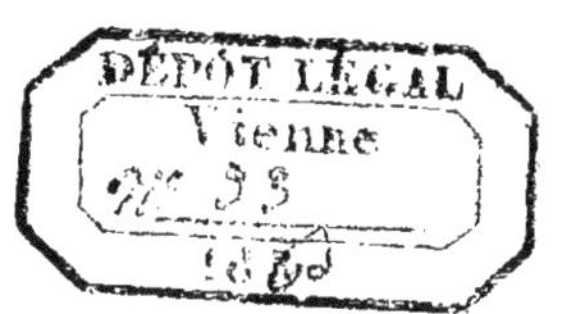

ÉLOGE

DE MARIE

POUR LE PREMIER MAI

A Mgr Al. JACQUEMET

ÉVÊQUE DE NANTES,

PAR M. L'ABBÉ DESVAUX DU MOUTIERS.

PARIS
LIBRAIRIE CATHOLIQUE DE PÉRISSE
Imprimeur de N. S. P. le Pape, rue Saint-Sulpice, 38;
LYON
Rue Mercière, 49, et rue Centrale, 60.
1860

Ye 41953

AVANT-PROPOS.

Ayant eu l'occasion d'aller passer le mois d'août à Nantes, j'acceptai avec bonheur la gracieuse invitation que me fit Mgr Jacquemet d'assister à tout l'office de l'Assomption. Je fus frappé du saint enthousiasme des Nantais, et surtout de la magnificence et de la majesté de leur procession en l'honneur de la sainte Vierge. Le lendemain, j'allai visiter le pieux monument qu'ils ont élevé sur la place Sainte-Anne; c'est là que je conçus le projet de leur exprimer en vers ma joie et ma reconnaissance; je me suis donc mis à l'œuvre.

M'étant permis de dédier ce petit poëme à Mgr Jacquemet, toujours heureux d'accueillir avec une grâce exquise ce qui s'exhale du cœur, et à sa bien-aimée ville de Nantes, si sensible à l'onction de ses paroles, puissent mes religieux lecteurs ne pas accuser de témérité mes généreux efforts! Une fois engagés dans mon vaste sujet poétique que domine de toute sa majesté la sublime figure de Marie, puissent-ils, avec le souffle de la grâce et les ailes de la charité, voler sur mes pas, et respirer çà et là le parfum de mes pieux souvenirs!

I

LE PREMIER JOUR

DU

MOIS DE MARIE.

—

Salut, chaste Colombe, amour du Créateur,
Du Soleil éternel Aurore immaculée,
Gloire de l'Esprit-Saint, Mère du Rédempteur,
Tour de David, effroi de l'Ange séducteur,
Arche du Dieu vivant, où s'est accumulée
Force, vertu, puissance, espoir consolateur ! ! !

Prends ta lyre, ô Sion, cesse tes cris funèbres;
Terrassés par ta foi, tes vils tyrans ont fui;
Une Étoile a percé l'épaisseur des ténèbres;
L'exil amer n'est plus, et le vrai jour a lui.

Par les doux zéphirs éveillée,
De leur sourire émerveillée,
La nature s'est émaillée
D'émeraude, d'or et d'azur.
Vers l'*Olivier*, arbre de vie,
Où brillent la paix, l'harmonie,
Prends ton vol, Colombe bénie;
Le ciel est si serein, ton regard est si pur!

Présage de notre alliance,
Le souple *Rameau* te balance;
Ivre d'une sainte espérance
Murmure de touchants soupirs;
L'écho de ta voix gémissante,
Comme une harpe frémissante,

Vibre sur l'âme languissante,
La réveille et l'arrache aux terrestres désirs.

Reflet pur des clartés divines,
Du milieu de sombres ruines,
Vers Les éternelles collines
Guide-nous couronnés d'honneur.
O terre enfin fertilisée,
Toi qui t'abreuves de rosée,
Respire l'haleine embrasée
De l'Époux qui s'apprête à combler ton bonheur.

A son souffle la mort fuit, rentre dans la tombe...
Source, océan d'amour, c'est Lui-même... Soudain
Vers l'*Olivier*, fleuri sous les bosquets d'Eden,
Il fait voler vers nous l'immortelle Colombe.

Quelle splendeur dans ses attraits!
Quelle suavité céleste!
Son tendre amour nous manifeste
La divinité de ses traits!...

O Colombe, Épouse ineffable,
Mère auguste du Dieu de paix,
Daigne ouvrir ce jour mémorable
Qui sème sur nous tes bienfaits.
Epouse sainte, accueille, honore
L'aimable Printemps qui t'implore;
Bénis ses vifs tressaillements;
A tes bontés il s'abandonne,
Sa reconnaissance te donne
Ses plus précieux diamants.

Il parle, et l'aurore
T'offre ses splendeurs;
Et l'airain sonore
Chante tes grandeurs;
Et l'écho qui vibre,
Du cœur qui te plaît
Fait frémir la fibre :
Beau jour, oui, c'est le jour que notre Mère a fait!

Quel riche essaim d'âmes d'élite,
Sous ton regard, prend son essor!
Ah! tu sens qu'il se précipite
Où réside son doux trésor.
Ton intelligente lumière
Devient plus belle, astre du jour;
Un Astre immaculé t'éclaire,
Et tu viens lui faire ta cour;
Nous aussi, Vierge vénérée,
Que notre âme régénérée
Plonge dans tes flots lumineux.
Tes élus s'enivrent de joie;
Ton oriflamme se déploie,
Et flotte dans l'azur des cieux.

Où va cette foule
De justes ravis?
Vierge, elle s'écoule
Vers ton saint parvis.
A ta source pure

Notre cœur renaît,
S'étanche et s'épure :
Beau jour, oui, c'est le jour que notre Mère a fait !

Le temple s'ouvre, il étincelle
D'innombrables réseaux de feux ;
La grâce divine y ruisselle
Comme un fleuve majestueux.
Avec ta corbeille fleurie,
O Mai splendide, ô roi des mois,
Monte vers l'autel de Marie,
A nos hymnes mêlant ta voix.
Comme un jeune lis qui se penche,
Et sur l'humble parterre épanche
Et son parfum et sa fraîcheur,
Incline-toi ; que ta couronne
Sur nos fronts embaumés rayonne
D'une éblouissante blancheur.

Harpe d'or, frissonne ;
Voici notre Roi ;

Qu'en nos cœurs résonne
Le cri de sa foi ;
Comme il nous convie
A boire à long trait
L'immortelle vie !
Beau jour, oui, c'est le jour que notre Mère a fait !

Tout radieux, ô Vierge, il a baisé ton trône ;
Son sceptre, orné de fleurs, il te l'a consacré ;
Sur lui ton stylet d'or, ô divine Patronne,
Imprime au vif un sceau sacré.

Fier de porter ton Nom, sur l'aile des archanges,
Il vole pour t'offrir nos doux rayons de miel;
Pieux essaim, entends de quels flots de louanges
S'ébranle et retentit le ciel.

De la nue embrasée une langue de flamme
Tombe... cénacle, autel, peuple respectueux,
Tout frémit... l'Esprit-Saint, sur l'auguste oriflamme,
D'épandre son souffle onctueux.

Bénie entre toutes les femmes,
O Vierge, prends pitié de nous;
Daigne renouveler nos âmes;
Nous nous jetons à tes genoux.
De tes faveurs, de nos offrandes,
Non, la source n'a point tari;
Que l'arc-en-ciel de nos guirlandes
Scintille sur ton front chéri;
Que nos cœurs à ton cœur se livrent,
Que tes doux parfums nous enivrent;
Toujours nous vivrons sous tes lois;
En ce jour, plein de ta mémoire,
Permets que nous chantions ta gloire,
Mère aimable du Roi des rois.

II

ÉLOGE DE MARIE.

—

Celui qui règne aux cieux n'a point dit aux étoiles :
« Suivez-moi, du chaos chassez les sombres voiles; »
Et déjà vers son Fils sa droite te conduit ;
Dans l'immense océan de sa miséricorde,
Sur des ailes de feu, ton âme se déborde ;
De la Rédemption tu vois mûrir le fruit.

A ton foyer d'amour le séraphin s'abîme...,
Sur l'aveugle univers, qui croule vers l'abîme,

Le rayon du salut dans ton sein resplendit.
L'heure du Très-Haut sonne... éblouissante Aurore,
Tu luis, et sous nos yeux l'Innocence d'éclore :
Où croissaient les poisons, l'immortel lis grandit.

Vierge pure, ta fleur si suave et si rare,
Embaume le banquet que ton Fils nous prépare,
Aspirant tes parfums, l'œil fixé sur l'Agneau,
A nous de tressaillir, prédestinés convives :
Tel le cerf altéré plonge aux sources d'eaux vives;
Tel sous l'œil du pasteur a bondi le troupeau.

Comme l'aigle fond de son aire
Sur ses aiglons dans les déserts,
Les étreint d'une agile serre
Et les enlève dans les airs ;
Vers tes colombes exilées
Tu presses ton vol immortel ;
Dans ton cœur ému rassemblées,
Ton aile les emporte au ciel.

Prophète-roi, qui, sous la cendre,
Joignais tes suppliantes mains;
Toi, dont les pleurs faisaient descendre
L'espoir du salut des humains;
Prends ta lyre au saule du fleuve;
Jette ce cri victorieux :
Paix à la terre qui s'abreuve
Au Cœur de la Reine des cieux.

Vêtus de ses magnificences,
Voltigez autour de son sein,
Anges, Trônes, Vertus, Puissances,
Comme un resplendissant essaim :
Etoiles, couronnez sa tête;
Noir serpent, frémis sous son pied;
Soleil, sois sa robe de fête;
Et toi, lune, son marchepied.

Vierge toute belle et sans tache,
Plus pure que le firmament,

A ta beauté l'Époux s'attache
Comme l'irrésistible aimant.
Près de lui sans cesse tu veilles,
Telle qu'un lumïneux fanal;
De sa grâce et de ses merveilles
Tu deviens l'auguste canal.

Quoi! le fier Lucifer s'étonne
De ta splendeur!... saisis des fers,
Archange divin, brille, tonne,
Et jette l'orgueil aux enfers.
Vierge, du milieu des épines,
Monte comme un lis glorieux;
Domine les saintes collines,
Comme un cèdre majestueux.

Ton âme est le rayon de l'éternelle aurore,
Et le miroir où Dieu se contemple et s'adore,
Et la flamme d'en haut qui jaillit et dévore
Du vieil Adam déchu tous les impurs débris.

Vaste et rapide éclair, elle embrase les mondes...
Tremblez, dieux imposteurs : vos victimes immondes,
Vos temples, où sont-ils?... dans vos prisons profondes
Tombez avec fracas, conspués et flétris.

O Marie, à tes pieds tout l'Orient se jette :
Où l'Étoile a brillé, que ta foi se reflète;
Des bergers et des rois bénis sceptre et houlette ;
Qu'ils baisent tour à tour tes pas et ton trésor.
Transforme en doux agneaux des hordes meurtrières;
Que ton soleil se lève... aux nations entières,
Du céleste flambeau sublimes héritières,
Lance avec force un jet des flammes du Thabor.

Marie immaculée, ô lumière immortelle,
Que ton nom est divin ! ce nom qui renouvelle
Cieux et terre... beauté, beauté toujours nouvelle,
Douceur, sagesse, amour, amour, amour encor,
C'est toi-même, ô Marie... accourez, cieux et terre,
Envolez-vous où l'âme en feu se désaltère ;

Elevez à Marie un trône, un sanctuaire;
Reine, elle a ceint son front du diadème d'or.

O vous, qui savourez ses royales délices,
Vierges, de vos cœurs purs offrez-lui les prémices;
Versez gaîment vos dons dans ses mains bienfaitrices,
Exhalez les parfums de sa virginité.
Par ses soins assidus l'heureuse fleur éclose,
Alors que de ses pleurs sa charité l'arrose,
N'est-ce pas la fraîcheur de la mystique Rose,
Et l'avant-goût exquis de l'immortalité?

De son vaste bercail active sentinelle,
Eglise sainte, veille, et fais fleurir pour elle
Les sauvages déserts... Et toi, Ville fidèle [1],
Que l'Ami d'un Martyr couronne de splendeurs;
Toi, que Marie honore en tes pompeuses fêtes,
Où son regard si calme écarte les tempêtes,
Ville célèbre, étends l'honneur de ses conquêtes;
Eblouis par tes dons ses obscurs détracteurs.

[1] Nantes.

Peuple [1] brave et pieux, sois fier de ta victoire;
Alors que des ingrats cueillent des fruits amers,
Toi, d'un nouveau bienfait tu savoures la gloire;
Anne, sur tes hauteurs, est reine de la Loire;
Marie à ses côtés prend le sceptre des mers.
Qu'il soit ton phare aimé son sacré tabernacle;
Quoi! l'enfer se courrouce, il rugit... c'est en vain;
Et d'Anne et de Marie a retenti l'oracle;
A toi, toi, protégé par un double miracle,
Deux ineffables Cœurs qu'enchaîne un nœud divin.

De ces deux triomphantes Reines,
A toi les mille boucliers;
De leurs chars prends en main les rênes;
Confonds tes ennemis altiers.

La vague monte et gronde;
Gai nautonier, fends l'onde,

[1] Allusion à la place Sainte-Anne. Anne et Marie, debout sur un piédestal, contemplent du haut de leur victoire le port de Nantes, hérissé d'une forêt de mâts.

Plein d'un noble transport.
Deux brillantes Étoiles
Veillent, montrent le port,
En éclairant tes voiles.

Qu'au sifflement de l'air,
Au foudroyant éclair
Frissonne toute chair,
Nautonier, prends courage;
Lutte contre l'orage;
Que ton mât se dégage;
Ton cœur, ton cœur en haut.
Aux flottantes lumières
De tes saintes bannières
Vois battre les artères
De l'ardent matelot.
Soufflez, brises légères;
Deux admirables Mères,
Du cri de leurs prières,
Epouvantent le flot.

Le secours surabonde ;
Gai nautonier, fends l'onde,
Plein d'un noble transport.
Deux brillantes Étoiles
Veillent, montrent le port,
En éclairant tes voiles.

Etoiles de la mer, phares divins, les feux
Que vous lancez au flot pour calmer sa furie,
C'est de vos temples saints, foyers mystérieux,
Qu'ils jaillissent par mille à la voix de Marie.

Vous puisez vos traits enflammés
Et leur puissance souveraine
Au cœur vivant de cette Reine
Que nous aimons, que vous aimez.
Vive cette Reine chérie !
Terre, cieux, mers, chantez Marie.
Elle règne sur nous, nous régnons en vainqueurs ;
Cœurs de glace, fondez aux flammes de nos cœurs.

Dressons dans ses parvis une paisible tente ;
Ses magnifiques dons surpassent notre attente ;
Reine des séraphins, de trésors éclatante,
Dans ce bienheureux jour, elle porte son Roi.
De la Mère et du Fils la gloire se découvre ;
D'un manteau radieux leur lumière nous couvre ;
Marie entend nos vœux, son cœur tout entier s'ouvre;
« En adorant mon Fils, nous dit-elle, aimez-moi. »

S'inclinant, elle adore, elle aime, elle contemple
Jésus, son premier-né, qu'elle sent tressaillir ;
De mille traits de feu le ciel vient t'assaillir,
O Mère... quel torrent de flammes va jaillir
De ton sein palpitant, cet admirable temple,
Où du soleil divin se réfléchit le jour,
Où, saisissant la foudre, et la vie et l'amour
Ont conquis sur la mort notre immortel séjour !

Des enfants d'Abraham fortifiant la sève,
Comme tu nous grandis, ô Vierge, ô divine Eve !

Jusque dans tes splendeurs ta force nous élève.
Tu dresses dans ton cœur un autel glorieux :
Voile du Saint des Saints, qu'à ta voix Dieu soulève,
Grand-prêtre immaculé, ton bras puissant se lève
Pour frapper, immoler de ton céleste glaive
Le nouvel Isaac, et nous conduire aux cieux.

Oui, tout est consommé... telle qu'un fleuve immense,
Verse à flots le bonheur sur la sainte cité,
Reflète en ton cristal, Source de pureté,
De l'éternel Epoux l'éternelle beauté.
Est-ce assez pour ta gloire et notre délivrance ?
Non, quelle fange encor!... Fleuve de vie, accours,
Notre terre altérée implore ton secours ;
Du sommet du Liban précipite ton cours.

Roule du premier choc les rocs les plus rebelles...
De ton lit agrandi que les rives sont belles!...
Doux flambeau de notre âme, ô Toi qui nous révèles
Cette onde jaillissante et sa fécondité ;

Saint Prélat que Marie a couvert de ses ailes,
Sur nous, enfants chéris et plantes immortelles,
De ses mille saphirs sème les étincelles :
Il est si doux de vivre inondé de clarté.

Si tendrement aimé de notre aimable Mère,
O vénéré Pontife, et nos dons et nos cœurs,
Pour les lui présenter comme un faisceau de fleurs,
Reçois-les, comme un père, et baigne-les de pleurs.
Son âme se dilate à ta sainte prière :
Comme Elle te bénit, Toi qui sur l'Olivier
Suspendis un rameau de l'immortel laurier !
Des palmes d'un Martyr n'es-tu pas l'héritier ?

Glaives, pavés, boulets ont semé l'épouvante.
Pleure, ô France... soudain sur la brèche sanglante,
Calme, l'âme inspirée et d'espoir palpitante,
Tu t'élances... ta lèvre invoque un nom puissant.
Comme le bon pasteur, hostie expiatoire,
Pour nos frères cruels souillant notre mémoire,

Tu donnes à Marie et ta vie et ta gloire :
Sur toi du saint Martyr a rejailli le sang.

Vierge pure, ce sang du juste
Qui glace les ingrats d'effroi,
Ce sang, quelle semence auguste
De vertus qu'enfante la foi !
Ce sang, ta charité l'accueille
Comme un divin gage de paix ;
Ta noble Bretagne en recueille
Le premier jet et les bienfaits ;
Ce sang, immortelle rosée,
Qu'aspire la France épuisée,
Tu l'imprimes sur notre cœur ;
A cette glorieuse empreinte,
Tu reconnais la tribu sainte
Et son héroïque Pasteur.

BIBLIOTHEQUE IMPERIALE

Poitiers. — Imp. H. Oudin, rue de l'Éperon, 4.